WANLI HAIJIANG

万里海疆

下册

華藝出版社
HUA YI PUBLISHING HOUSE

第三章 蓝色宝藏

海洋石油981

60346

獐子渔业

6014
大连

第十三届中国（象山）开渔节青年蓝色护海增殖放流活动
暨象山县第六届青年集体婚礼仪式
开渔之约

SWL 2t

洞头妈祖

东沙
妈祖
扬后德周
庆天功护

天后圣母
圣母
天后
肃静

祈愿七夕
東屏
民俗風情節

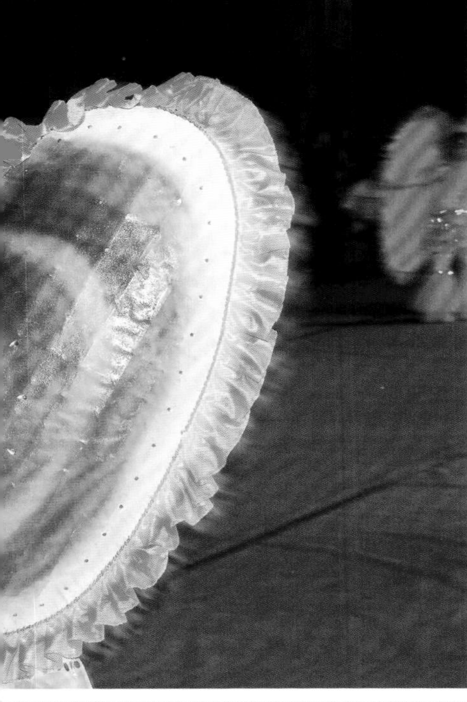

愿七夕 感受东屏

帆風順

第四章 大海情怀

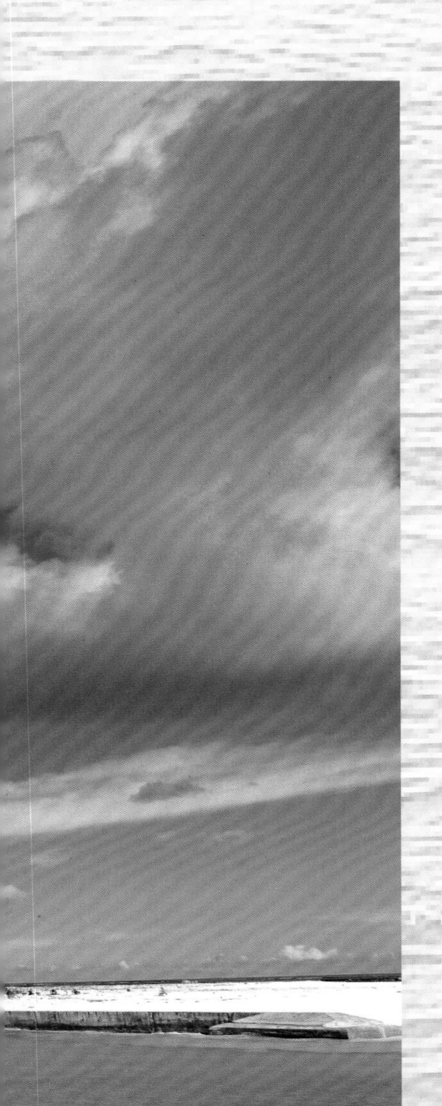

中国人民解放军
海 军

中国人民解放军
海军

CNR
中国广播网
www.cnr.cn

熱愛南沙
保衛南沙

Raymarine
ICOM
CHINA

地角女民兵连

OAST GUARD
中国

仙疊巖

洞头
先锋女子民兵连

海洋民兵
战士剪纸
战士剪纸

新
功

CELESTRON
ULTIMA 100

琼琼海05039

我
守
海
岛

疆御敌

南兄弟屿灯塔

NCTC-S.A.A.F

海军政治部发

倘佯知识海洋 扬起理想风帆

第三部分
务必落实的
法规制度

同守共建
富島强兵

中国

辛卯春立

忠诚于党
报效国家
献身使命

踞高争先
志在云天

祖

军魂

站
创
祖国在
我心中
家
国

中国
领海基点
方位点
佘山岛

第五章

海疆卫士

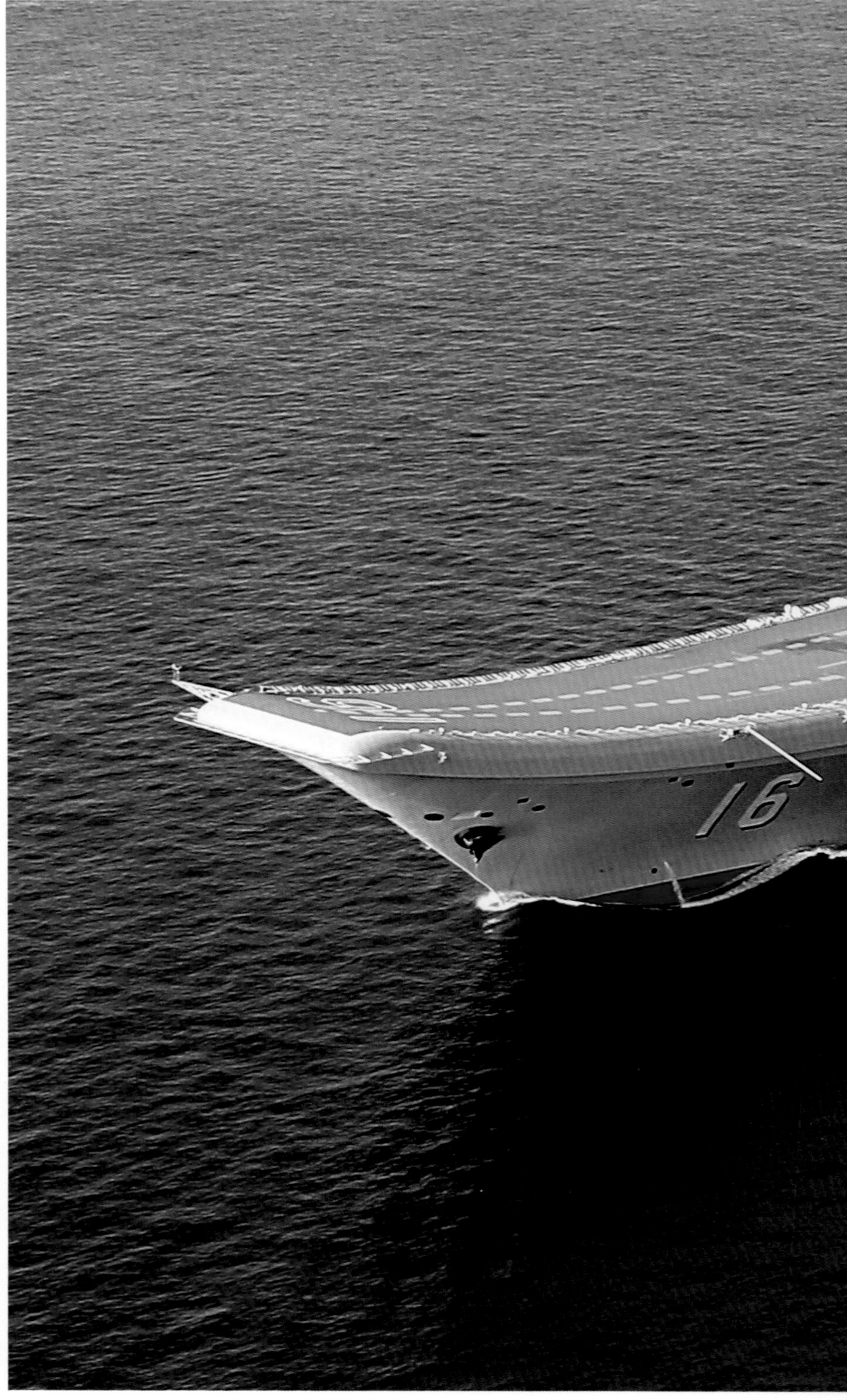
16

中国人民解放军
海 军

9566

553

52

552

552

553

549

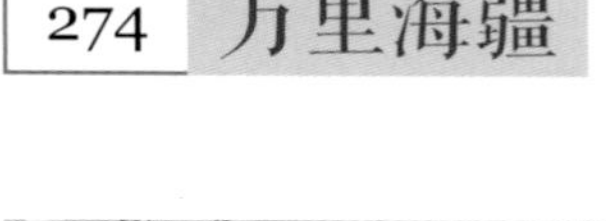

582

583

582

170

999

171
172

887
112
528

886

948

9546
866

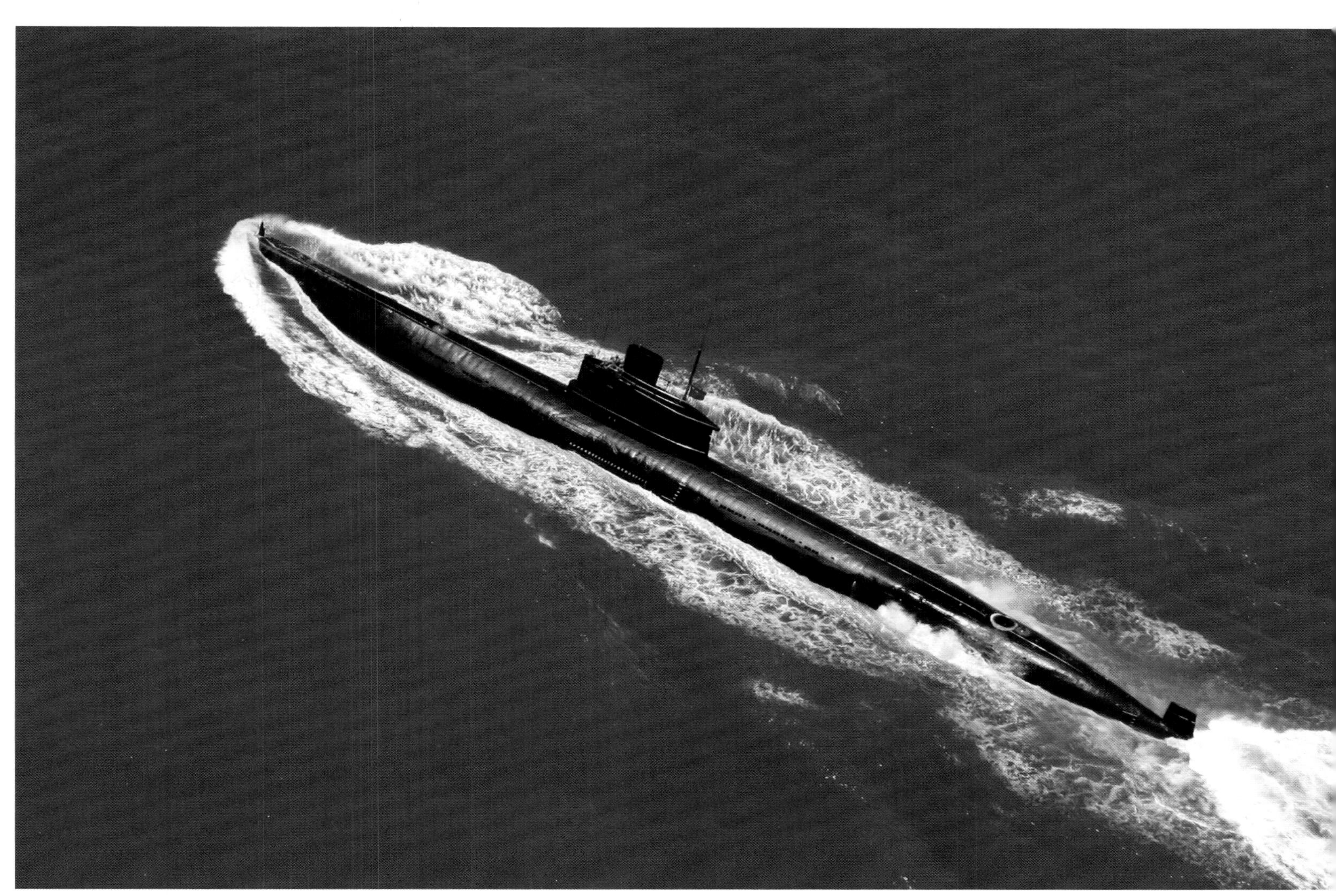

80

21
81241

83042

83045
83044

83043
81228
83097

04
83044

9224
9204

995

CHINA COAST GUARD 中国海警
2102

2350
CHINA COAST GUARD

CHINA MARINE SURVEILLANCE

中国海警2146

中国海警
警
中国海监

南沙第106批守礁
牢记守礁使命
履行职责

沙第106批守礁
牢记守礁使命
忠实履行职责

海峡衛士

祖 国 万 岁
英勇顽强

党员先锋队
軍魂

中国
领海基点
方位点
佘山岛
中国
领海基点
方位点
佘山岛
中华人民共和国政府立
一九九六年五月

GX982
祖国万岁

中国海军
中国海军
若有战
召必回
老兵石

家
中国西沙金银岛
中华人民共和国

中国
海基点
位点
东岛 (3)
民共和国政府立
九六年五月
基点位于本灯塔方位
距离800米。

中国

WAN LI
HAI JIANG

蓝色国土 美丽富饶

中国，不仅是一个拥用 960 万平方公里土地的陆地大国，更是一个东南两面濒临海洋，拥有 300 万平方公里蓝色国土的海洋大国。这片浩瀚的蓝色国土，是祖先留给我们的宝贵财富，美丽而富饶，迷人而神奇。

璀璨明珠

中国海域辽阔，大陆海岸线北起辽宁鸭绿江口，南至广西北仑河口，约 18000 公里，是世界海岸线最长的国家之一。在这烟波浩渺、无边无际的大海中，星罗棋布着大大小小万余个岛屿，像颗颗璀璨明珠镶嵌在祖国的万里海疆。其中，面积 500 平方米以上的岛屿 6536 个。这些岛屿总面积 72800 多平方公里，岛屿岸线长 14218 公里。按其成因可分为基岩岛、冲积岛、珊瑚礁岛三类。其特点是小岛多、大岛少，无人岛多、有人岛少，缺水岛多、有水岛少。

我国最大的岛屿是台湾岛，面积 35780 平方公里，岛上山地占 2/3，平原占 1/3；第二大岛是海南岛，面积 34380 平方公里；第三大岛是崇明岛，面积 1083 平方公里。台湾岛和海南岛为基岩岛，崇明岛为冲积岛。面积超过 100 平方公里的岛屿有舟山岛、平潭岛、东山岛、大屿山岛、上川岛、金门岛、南三岛、岱山岛、南澳岛。在所有岛屿中，东海约占 60%，南海约占 30%，黄、渤海约占 10%。成立于 2012 年 7 月的海南省三沙市，是继浙江省舟山市之后，第二个以群岛设市的地级行政区，也是我国最年轻的地级城市。三沙市辖西沙群岛、中沙群岛、南沙群岛的岛礁及附近海域，总面积 200 多万平方公里，其中陆地面积 13 平方公里，市政府驻地位于西沙永兴岛。

从我国沿海最北端的丹东大鹿岛，到大连的长山群岛、蛇岛，山东半岛的庙岛群岛、刘公岛、朝连岛、灵山岛；从沪苏浙闽台沿海的崇明岛、佘山岛、嵊泗列岛、舟山群岛、渔山列岛、台州列岛、洞头列岛、南麂列岛、大嵛山岛，到钓鱼岛列岛、马祖列岛、平潭岛、湄州岛、台湾岛、澎湖列岛、金门岛、东山岛；从两广沿海的南澳岛、万山群岛、川山群岛、涠洲岛、族京三岛，到海南岛、东沙群岛、西沙群岛、中沙群岛和南沙群岛。万千岛屿如串串美丽的珍珠，把祖国河山映衬得更加瑰美秀丽。漫步海岛，看着一望无际的大海，闻着独特的海味，踩着洁净的沙滩，听着此起彼伏的涛声，别有一番情趣。

近年来，海岛发展日新月异，经济快速增长，旅游持续推进。西沙群岛、涠洲岛、南沙群岛、澎湖列岛、南麂岛、庙岛列岛、普陀山岛、大嵛山岛、林进屿和南碇岛、海陵岛等，被《中国国家地理》杂志评为最美十大海岛，每年吸引成百上千万海内外游人。新近成立的三沙市，以其特有的热带海岛风光吸引了众多游客。距离台湾最近的平潭岛，是中国第六大岛、福建省第一大岛。该岛距福州 128 公里，东南距台湾新竹港仅 126 公里，是大陆距台湾本岛最近的海岛。2012 年，福建省平潭综合实验区成立，在完善海西沿海发展布局、促进对台贸易、加快祖国和平统一进程中，发挥着重要作用。

阳光、大海、沙滩、礁石、森林和山峰，美丽多姿的海岛，如今已经成为人们最向往的地方。

滨海新貌

中国沿海地区包括 8 个省、1 个自治区、2 个直辖市、53 个城市、242 个区县，占全部国土总面积的 14%，人口占全国总人口的 40% 以上。改革开放以来，中国经济飞速发展，连续数年保持两位数的经济增长速度，目前外汇储备全球第一，令世人刮目相看。其中，沿海地区生产总值一直占全国 60% 以上。

1979 年 4 月，中国改革开放的总设计师邓小平提出创建经济特区，以吸引外资和国际跨国企业入驻。1980 年 8 月，正式设立深圳、珠海、汕头和厦门 4 个经济特区。这 4 个经济特区除拥有省级经济决策权外，还可在对外经济活动中采取更为开放和优惠的政策。1984 年，国务院又批准了大连、秦皇岛、天津、烟台、青岛、连云港、南通、上海、宁波、温州、福州、广州、湛江和北海等 14 个沿海城市为全国首批对外开放城市。这些城市交通方便、基础好、技术和管理水平较高，通过开展对外经济技术合作，积极吸引外资，消化吸收先进技术和管理方法，推动自身经济的发展，并成功带动了内地经济的发展。

近年来，我国又先后兴建了上海浦东新区、天津滨海新区、辽东湾新区、舟山群岛新区等沿海经济开放区，构成了我国沿海自北到南的对外开放前沿地带。沿海地区的经济就像动力强劲的火车头，带动着中国经济这列“和谐”号列车，快速、平稳、安全地驶向未来。

700 多年前被意大利人马可波罗称为“光明之城”的泉州，在中世纪有着 400 多年的辉煌。“地下看西安，地上看泉州”，行走在城市中间，千古遗风依然会在不经意间闪现，既古朴清雅又精致婉约，既内敛深沉又舒展奔放。泉州是国家首批 24 个历史文化名城之一，中国古代海上丝绸之路的起点，唐朝时为世界四大口岸之一。泉州还是闽南文化的发祥地，首个“东亚文化之都”。如今，分布在世界 129 个国家和地区的泉州籍华侨华人超过 720 万人。

深圳是中国改革开放后建立的第一个经济特区，是中国改革开放的窗口。经过 30 多年的发展，深圳已经从一个贫穷落后的小渔村，华丽跻身中国四大一线城市，齐名北（京）上（海）广（州），并成为有一定影响力的国际化城市，创造了举世瞩目的“深圳速度”，同时享有“设计之都”、“钢琴之城”、“创客之城”的美誉。

随着我国经济的发展，海洋基础设施建设明显改善，基本解决了重点岛屿的交通、能源、水源和通讯问题，并逐步实现现代化。港口建设大中小结合，层次分明。跨海大桥像一条条巨龙，将岛屿和大陆、岛屿和岛屿紧密地连接起来，进一步拉近岛屿和大陆间的距离。沿海各地到处呈现出欣欣向荣、蒸蒸日上的新气象。

漫步在沿海城市，蓝天白云，绿树红花，青山碧水，金沙银帆，高楼林立、霓虹闪烁、车水马龙、游人如织，到处生机勃勃，活力四射，赏心悦目，美好和谐。

蓝色宝藏

人类的生命来自海洋，人类的文化起源于海洋。海洋总面积约 3.6 亿平方公里，占地球表面的 71%，是人类力量与智慧的象征与载体。

从公元前 3 世纪至公元 15 世纪，中国的航海业和航海技术，一直处于世界领先水平。无论是海洋的历史文化、军事文化、旅游文化还是民俗文化，都有无数亮点。海上丝绸之路就是中国古代航海事业的杰出成就。作为古代中外贸易的重要通道，海上丝绸之路早在我国秦汉时代就已经出现，宋元时期东西方世界格局的变化，航海技术的突破和空前经济贸易诉求，使海上丝绸之路达到鼎盛。中国的丝绸、陶瓷、香料、茶叶等物资由东南沿海港口出发，经中国南海、波斯湾、红海，运往阿拉伯世界及亚非其他国家，而香料、毛织品、象牙等物产则从海外带到中国。人类通过海上丝绸之路所进行的活动内容也非常广博，包括航线的拓展，航海技术的交流演进，外来侨民的流动，官方使节的往来，宗教、音乐艺术的传播，异域物种的扩散等等。

元朝时马可波罗由陆上丝绸之路来到中国，又由海上丝绸之路的泉州港返回意大利，他的游记深刻影响了中世纪还在蒙昧时代欧洲对东方的向往。海上丝绸之路对西欧大航海和地理大发现产生了直接促进影响。特别是郑和七下西洋的壮举，更是历史性地开辟了亚非海上航路，传播了中华物产和中华文明。2009 年 1 月，经过 45 天艰苦水下作业，在西沙沉睡了 800 多年的宋代沉船“华光礁 1 号”终于浮出水面。南宋沉船考古历经 10 年 3 次发掘，万余件宋代文物重见天日。中国古代文明成果再次呈现于世人面前。

我国海洋资源丰富，仅海洋生物就有 20278 种，以鱼类、头足类、虾蟹类为主。其中以鱼类数量为最大。随着科学技术的不断进步，海水养殖等新兴的海洋产业蓬勃发展，许多鱼类、贝类、虾类、蟹类、藻类都可以进行海水养殖，成为海洋经济发展的一个重要支撑。海洋中繁衍生息着大量特有动物，如大连蛇岛的国家一级保护动物黑眉蝮蛇、国家二级保护动物西沙白腹红脚鲣鸟、南沙海龟等，为海洋增添了更多灵动的气息。

我国海域蕴藏着丰富的石油和天然气等资源，开发远景非常乐观。“海洋石油 981”钻井平台，是我国首座自主设计、建造的第六代深水半潜式钻井平台。2014 年 7 月，在西沙中建岛附近海域钻探作业，按计划顺利取得了准确的地质数据资料。同年 8 月，在南海北部深水区钻探，获得高产油气流，是中国海域自营深水勘探的第一个重大油气发现。

大海不仅风光旖旎、物产丰富，而且孕育出了博大精深的海洋文化。古代科学尚不发达，大海茫茫，风涛不测，要想有所收获，就只有寄希望于神灵的庇佑。对海神的信仰和习俗即由此产生。龙王、妈祖、王爷等超自然的力量，成为渔民祭拜、依托的神灵。在沿海地区，供奉神灵的庙宇数不胜数，以海为生的人们在这里祈求风调雨顺、财源广进、出入平安。在沿海地区，渔船、渔具、渔歌等相关的原生态渔文化俯拾即是，仅在象山一地就有 6 个国家级非物质文化遗产项目、13 个省级非物质文化遗产项目。形式多样的“开渔节”，更是渔民生活中不可或缺的一件圣事。京族是中国少数民族中唯一生活在海边的民族，其文化兼具海洋文化与民族文化的双重身份，大海、海产、海神、海港、盐田等，无不浸润于京族文化当中。京族特有乐器独弦琴，传说就是由龙宫传给人间的宝物。

大海情怀

守岛官兵远离繁华、甘愿寂寞、无私奉献，他们舍小家、顾大家，戍守祖国的万里海疆。亲人故去，他们来不及看上最后一眼；初为人父，他们却没有机会给妻儿送上一个亲吻；更为动人的是，完成守礁任务回到大陆码头时，孩子却不敢相认这个“陌生人”。但就是这样，他们仍然义无反顾，在祖国需要的时候，打起背包再上岛礁。

在西沙、在南沙，有这么一群不爱红妆爱武装、英姿飒爽的年轻女兵。她们既有钢铁般的军人斗志也有阳光般的少女情怀，她们把青春献给了国防、献给了海军、献给了祖国的万里海疆。曾经在南沙执行任务的女兵刘莎莎和李敏就是他们中的佼佼者。

在祖国万里海疆，有一群巾帼不让须眉的女民兵，默默无闻的站岗放哨。海洋岛上“三八女炮班”的女民兵，被称为“黄海前哨花木兰”。她们与驻岛炮兵部队共同进行操炮训练，练就了过硬的军事本领，保卫着祖国的北部海疆。洞头“先锋女子民兵连”，是一支闻名全国全军的民兵连。50 多年来，一批批渔家姑娘把青春奉献给了女子民兵连，连队的先进事迹被写成长篇小说《海岛女民兵》、并拍成电影《海霞》，感动了一代又一代人。广西“地角女子民兵连”，73 次被评为先进单位，还多次受到党和国家领导人亲切接见，被誉为“南海前哨的巾帼英雄”、“北部湾畔的红色娘子军”。距离江苏灌云县燕尾港 12 海里的开山岛，面积只有 0.013 平方公里。1986 年驻岛连队撤离后，灌云县人民武装部委任民兵王继才、王仕花夫妇守岛。夫妻二人不畏艰苦，恪守使命，守望和保卫祖国领土，至今已经近 30 年。被称为“孤岛夫妻哨”， 并被评为“情系国防好家庭”。

海岛远离大陆，大多数岛上仅有渔民和守岛官兵，他们出行、生活面临许多困难。遇到恶劣天气或是突发事件，补给舰船无法靠泊或难以及时赶到时，机动性能好的渔船就有了用武之地。被西沙官兵们亲切称为“船老大”的邓大志，是琼海市潭门镇渔民，无论刮风下雨，浪大浪小，都坚持为守岛官兵们提供补给、充当交通，架起了海岛与大陆之间的海上“生命线”。

战士自有战士的爱，战士自有战士的情。海军大鹿岛观通站士官徐启利拾金不昧，善良真诚，赢得了女失主娜娜的芳心，两人结为百年之好。在绿色军营中，还有一群高素质、高学历的士兵。南京军区某海防团战士王帝，2012 年于意大利米兰大学毕业后，选择了另外一种人生——入伍当兵。刚考上大学的温州小伙子赵万兴，在与父亲谈到清华女大学生参军报国的故事后，愉快的接受了父亲的建议，参军到了海岛。

在党中央和中央军委亲切关怀下，海防一线基层部队建设不断呈现新的风貌，官兵住上了别墅式的营房，吃上了营养丰富的套餐。水兵俱乐部、健身室、网吧、图书馆、文化长廊、雕塑园地齐全；还有那一块块碑石、一句句标语、一盏盏灯箱，让军营文化越来越丰富。滋润了官兵心田，激发了官兵斗志，促进了部队战斗力提高。

“我爱这蓝色的海洋！”是守岛官兵内心的真情留露，保护好海洋环境，是一代一代老兵留下来的传统。守岛官兵在巡逻时，口袋里都经常装着塑料袋，见到垃圾就自觉地收集。营区的檐下树上，经常有麻雀和喜鹊筑巢，观察小鸟生长是官兵们的日常乐趣。海岛、礁盘旁，经常可以看到栖息的海龟，当它们不能回到大海时，官兵就主动把他们送回大海。人与动物，就这样无言相生，尤如心心相映的老邻居、好朋友。

海疆卫士

陆有陆界，海有海疆。在朝连岛、佘山岛、两兄弟屿、钓鱼岛、南澎岛、中建岛、永暑礁等我国沿海岛礁上，分布着 94 个领海基点。每个领海基点都建有领海基点石碑，这是维护我国海洋权益和宣誓主权的重要标志，对于维护我国海洋权益、巩固海防建设、保护海洋环境、加强海洋管理具有重要意义。每当巡航到这些岛屿，尤其是抚摸到领海基点石碑时，心情都会异常激动，使命感、责任感油然而生。

中国的海疆史，不仅是一部海岛的建设发展史，更是一部中华儿女抵御外辱的抗争史，既有振奋人心的伟大胜利，也有扼腕叹息的痛苦无奈。新的历史时期，我们的海疆依然不平静。我国与朝鲜、韩国、日本、菲律宾、马来西亚、文莱、印度尼西亚、越南等 8 个国家海上接壤，关于领海及专属经济区方面的争议仍然较多，有的岛礁仍被一些国家强占。与此同时，一些区域外大国不断染指南海、东海。维护国家海洋权益任重道远。

在祖国万里海疆上，驻守着中国人民解放军、海警和民兵。在国家海防建设中，海军是一支重要力量。没有强大的海军，就没有强大的海权，就无法保证祖国的海洋领土和海洋利益。党和国家非常关心海军建设，特别是上世纪九十年代中后期以来，国家加大了对海军建设的投入。经过十几年的建设，人民海军建设取得了令人瞩目的成就，形成了以第三代国产装备为主体的海军装备体系，装备的技术和质量显著提高。我国第一艘航空母舰“辽宁”舰加入海军战斗序列；052C、052D、054A、056 等新型导弹驱逐舰、导弹护卫舰进入量产阶段；“巨浪 2”型导弹成功试射；海军舰艇不断走向深蓝，出岛链训练常态化等等，标志着中国海军已经成为当今世界实力最强大的海军之一。

在海疆卫士中，还有一支特殊的队伍——中国海警。这支组建不久的海上武装力量，以无比忠诚、无私奉献、昂扬向上、献身使命的精神风貌，日夜巡防在祖国万里海疆。

海上生活再艰辛，海岛生活再孤独，也挡不住海军官兵巡逻海防线的铿锵脚步，也动摇不了守岛官兵忠诚卫国戍海疆的坚强决心。海浪可以冲逝沙滩上巡逻的脚印，却冲不去官兵心头赤诚的信念。上岛就是上前线，守岛就是守国门。在守岛官兵身上，展现出当代军人最优秀的精神风貌。他们身处孤岛却从无怨言，条件艰苦却无私奉献，他们是无愧于祖国海疆的忠诚卫士，他们铸就了华夏神州的海上钢铁长城！

WAN LI
HAI JIANG

主摄影: 李建伟

摄　影: 郑　雷　宿保平　徐秀林　刘　堂　蒲海洋　李　唐
刘文平　王大斌　王晓溪　王荣田　王光亭　熊利兵
刘卫平　陈显龄　姜光树　吴伟峰　陈惠忠　吴传军
丛向阳　汪宏志　潘正凯　刘金鹏　廖志勇　余文强
马祖仁　金门科　彭湖军　魏　勇　曾行贱　王长松
代宗锋　琚振华　南　兵　查小进　李应飞　张天敬

撰　文: 徐秀林　严振安

图书在版编目（CIP）数据

万里海疆 / 李建伟著 . — 北京 : 华艺出版社，2015.12

ISBN 978-7-80252-462-0

Ⅰ. ①万… Ⅱ. ①李… Ⅲ. ①摄影集—中国—当代
Ⅳ. ① J421

中国版本图书馆 CIP 数据核字（2015）第 295554 号

万里海疆

著　　者　李建伟
责任编辑　郑　实
封面设计　姚　洁

出版发行　华艺出版社
社　　址　北京市海淀区北四环中路 229 号海泰大厦 10 层
电　　话　（010）82885151
邮　　编　100083
电子邮箱　huayip@vip.sina.com
网　　站　www.huayicbs.com
印　　刷　北京天正元印务有限公司
开　　本　787mm × 1092mm　1/8
印　　张　44.25
版　　次　2016 年 1 月第 1 版
印　　次　2016 年 1 月第 1 次印刷
书　　号　ISBN 978-7-80252-462-0
定　　价　1180.00 元

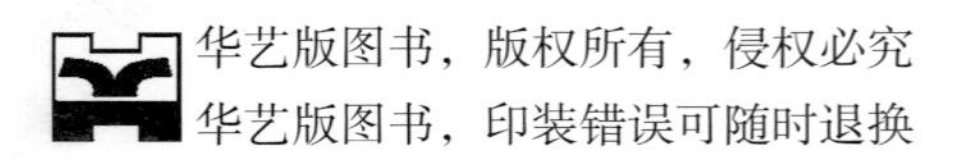

WANLI HAIJIANG

万里海疆

上册

華藝出版社
HUA YI PUBLISHING HOUSE

WAN LI
HAI JIANG

《万里海疆》
编辑委员会

目录

祖国万岁

前言

中国是陆地大国，也是海洋大国。300 万平方公里蓝色国土辽阔深邃，1.8 万公里海岸线曲折绵长，6500 多个大小岛屿星罗棋布。祖国的万里海疆，物产丰饶、景色壮美，吸纳百川、哺育兆民，是中华民族神圣不可侵犯的宝贵祖产。

习近平主席强调："强于天下者必胜于海，衰于天下者必弱于海""面向海洋则兴、放弃海洋则衰，国强则海权强、国弱则海权弱""建设海洋强国是中国特色社会主义事业的重要组成部分，要进一步关心海洋、认识海洋、经略海洋，推动我国海洋强国建设不断取得新成就"。海洋充满了挑战，海洋也提供了机遇，孕育着希望！推进海洋战略，凝聚海洋共识，昂首向海洋挺进，是实现"中国梦"的必然选择。

基于此，中华文化发展促进会联合中央人民广播电台、中国华艺广播公司、海峡之声广播电台、华广网、北京木子雨文化传媒公司等单位，于 2013 年 5 月在辽宁省东港市大鹿岛正式启动"万里海疆巡礼"大型采访报道活动。历时一年半，行程 5 万余公里，从祖国的最北到最南，足迹遍及黄海、渤海、东海和南海。长山群岛、庙岛群岛、舟山群岛、钓鱼岛列岛、台湾岛、万山群岛、海南岛、西沙群岛和南沙群岛等 100 余座岛屿尽收眼底。

《万里海疆》画册，是继《万里海疆巡礼》图书之后的又一个丰硕成果。该画册收录的 660 余幅照片，是从新闻记者、当地摄影家、守岛官兵拍摄的数万幅照片中精选出的代表作。这其中既有波澜壮阔的海洋景观，也有雄壮伟岸的海岛英姿；既有沿海城市日新月异的建设成就，也有渔民丰富多彩的生活写照；既有海洋动物憨态可掬的自然呈现，也有海洋环境变迁的真实记载；既有戍守海疆官兵英勇无畏的精神风貌，也有沿海民众慷慨相助的深情厚谊。

读者可从《万里海疆》画册中，进一步了解我国海疆的历史渊源、风土人情，感悟中华民族海洋历史文化的古老厚重，崇尚历代先贤勤劳勇敢、不屈不饶的精神品质，领略改革开放以来滨海城市翻天覆地的发展变化，感受守卫海疆的人民军队革命化、现代化、正规化建设成就和广大官兵昂扬向上、乐守天涯的无私奉献精神。通过《万里海疆》画册，让更多中华儿女直观地认识海疆，激发大家热爱海疆、建设海疆、保卫海疆、献身海疆的热情！

欣赏《万里海疆》画册，不仅是艺术的享受，更是对万里海疆神韵的向往。作为龙的传人，华夏子孙，我们有责任有信心有能力守卫好这片疆域，为铺就民族复兴的"海上丝绸之路"贡献力量！

美哉，万里海疆！壮哉，海疆万里！

第一章 璀璨明珠

毛文龙碑亭

爱國名将邓世昌

甲午英
垂不朽
邓世昌墓

通泰一号
通泰客运

大连

幼 儿 园

蛇島

中国甲午战争博物馆 陈列馆
Museum of the Sino-Japanese War, 1894-1895

北洋海軍忠魂碑

中国
领海基点
方位点
朝连岛
中华人民共和国政府立
一九九六年五月

中国
领海基点
方位点
佘山岛

供水
浙嵊渔065

活鲜快运

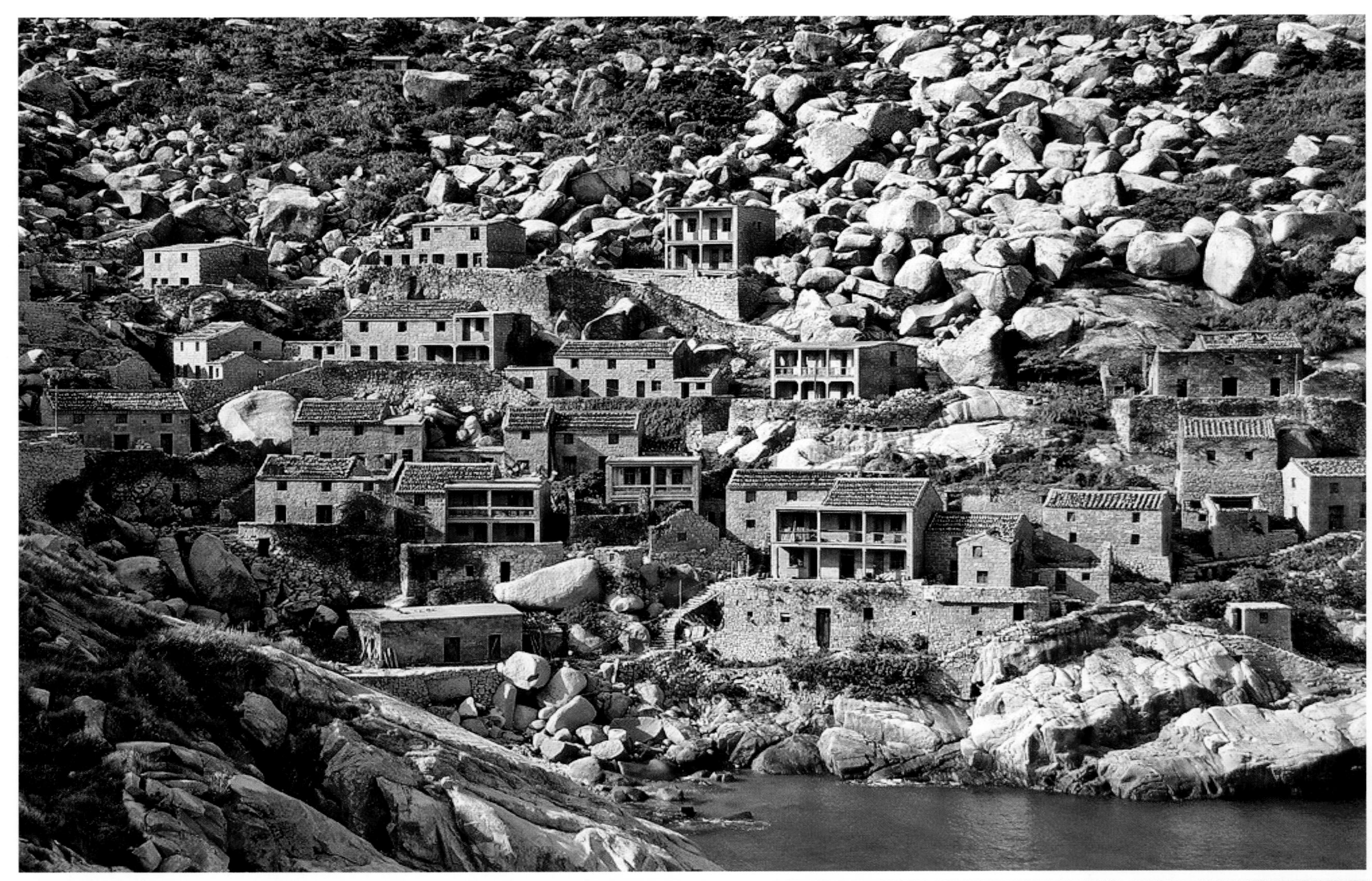

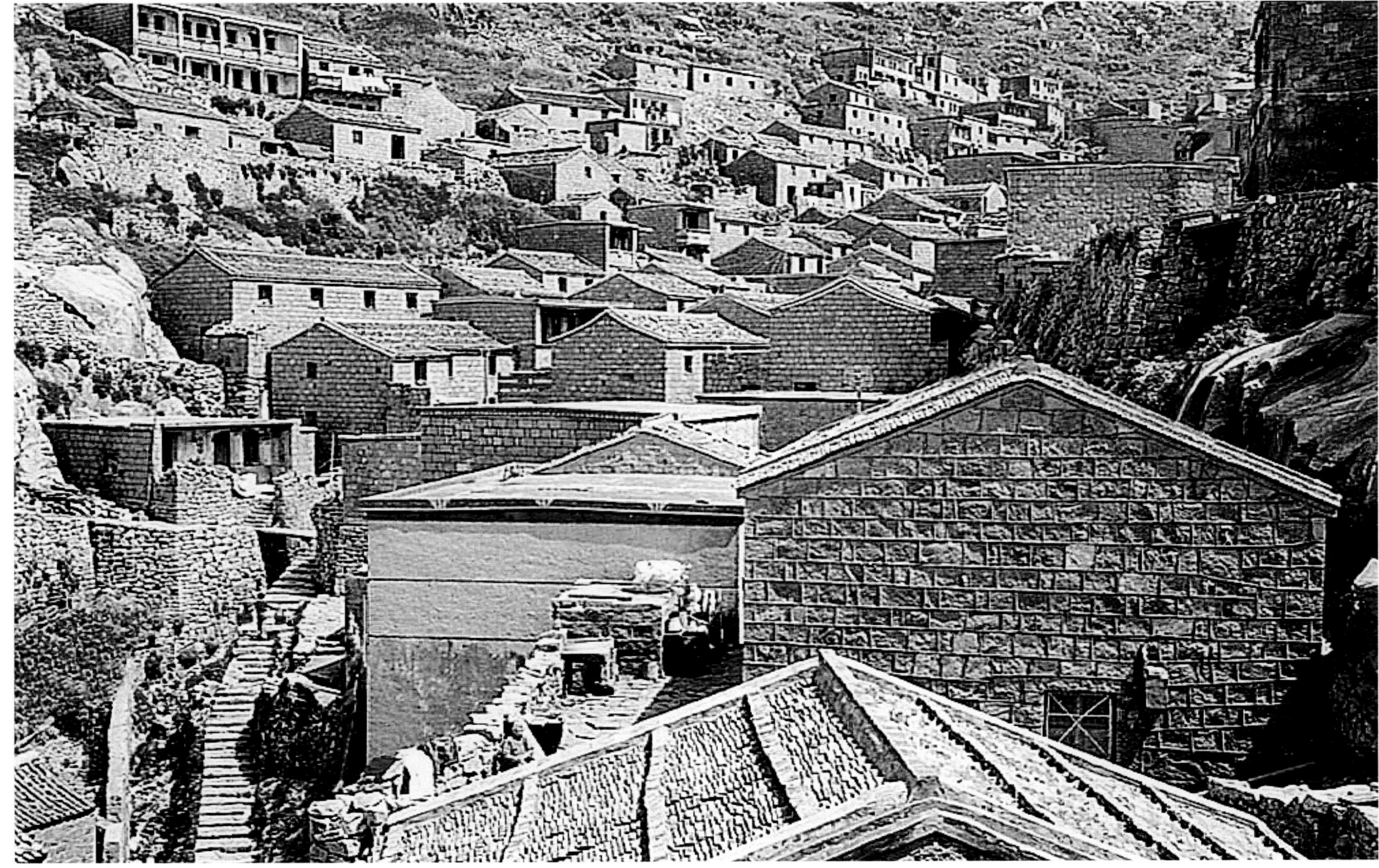

世界巨浪之最

13

11
9

可口可乐

Coca-Cola

澤施四海

ck
行
6-1

賀！良金牧場 榮獲101年
肉品加工評鑑績優廠商
專賣店
特產
宅配到家
貨到付款
TEL:329618
everrich
邑主城隍
李沃士
石兆
長縣

帝德
浩氣

閩粤南澳總鎮府
聖王廟

粤南澳渔33063

中交一航局向南澳人民问好

坚守前哨 忠诚使命

南澎岛
NAN PENG DAO
忠
毛主席万岁

桂山號英雄登陸點

YAMAHA

京族人民欢迎您

舊容新貌萬代敬仰心
聖躬萬歲
今朝北國敬嚴存社稷之遺風
愛國盡忠一片英雄志

中华人民共和国南沙群岛
永暑礁
中国人民解放军海军二〇〇〇年五月立

南沙亭

祖国万岁

觀音堂

第二章 滨海新貌

ICBC

LEDA
滨海假日酒店

永定海

中国海运集团

冠芝霖手机大卖场
龙凤祥 婚纱写真
地址：热河路51号 Tel:82710556
联创世纪文化传媒有限公司
招商电话：0532-85758169
15092111222
15066222000
迪

RUS
SWE
GRE
FIN
CAN
CYP
SKORNIAKOV
PAPATHANASIOU
COOK
RUS
GRE
CAN

IRL
CHN
TUR
SLO
IRL

海信
Hisense

CHINA SHIPPING
XIN XIA MEN
SHANGHAI

东方明珠

精彩世博
尽情移动
OLYMPUS
奥林巴斯
FANCL
lenovo联想

PORT OF NINGBO
PORT OF NINGBO
PORT OF NINGBO
XIN LOS ANGELES
宁波港
ZPMC
NO.4

CHINA SHIPPING
MAERSK SEALAND

中国船政文化博物馆

中國閩台緣博物館

Pizza Hut
必胜客 欢乐餐厅

中国梦·舞动春天

DURAMARIN
亚龙湾229

天涯游艇3059

主权三沙
幸福三沙

三沙市人民医院

海軍收復西沙
群島紀念碑
中華民國三十五年十一
月二十四日 張君然立

甘泉島
2M
18
16
14

中国南海诸岛图

革命烈士永垂不

COSCO
MAERSK

65t-65m
NO.22

P&O NedLloyd

UTOPIA LINE
COSCO
HANJIN
SENATOR

ITAL LIRICA